도토리묵

도토리묵

발행일 2021년 4월 12일

지은이 김홍진
펴낸이 손형국
펴낸곳 (주)북랩
편집인 선일영
편집 정두철, 윤성아, 배진용, 김현아
디자인 이현수, 김민하, 한수희, 김윤주, 허지혜
제작 박기성, 황동현, 구성우, 권태련
마케팅 김회란, 박진관
출판등록 2004. 12. 1(제2012-000051호)
주소 서울특별시 금천구 가산디지털 1로 168, 우림라이온스밸리 B동 B113~114호, C동 B101호
홈페이지 www.book.co.kr
전화번호 (02)2026-5777 팩스 (02)2026-5747

ISBN 979-11-6539-715-9 03810 (종이책) 979-11-6539-716-6 05810 (전자책)

도토리묵

김홍진 시집

북랩 book Lab

아내를 응원하며

드디어 아내가 글을 썼습니다.

몸이 약한 아내는 늘 질병을 달고 살면서도 생활 속에서는 밝은 모습으로 항상 나를 즐겁게 해 주었습니다.

아내의 말에 재치와 유머가 있기 때문입니다.

종종 아내에게 "여보! 그런 말을 글로 써 두면 어떨까? 아니, 글로 남겨 두면 어떨까?"라고 말하면, 아내는 "쓰면 뭐 해! 아무 도움도 안 되는데!"라고 외면하곤 했습니다.

함께 살면서 문학에 재능이 있다는 것을 알게 되었고 학창 시절에 수상 경력도 꽤 있어서 고등학교 때는 문학부 부장이었다는 말도 들었고 선생님들에게 격려도 많이 받았었다는 말을 가족들에게 들었습니다.

그런 아내는 결혼 후 35년 동안 그저 내 글만 읽고 고쳐 주었습니다.

2년 전에 뇌종양과 뇌전증 수술을 받은 아내는 지금까지 힘겨운 투병생활을 하고 있습니다.

아내가 말합니다.

"여보! 이렇게 삶을 끝내는 건 아니겠지?"

아내의 물음이 내 가슴을 후벼팝니다.

"아니! 이렇게 끝나지 않아요!

당신은 잘 움직이지 못해도 글은 쓸 수 있잖아요?

정신이 또렷할 때 글을 한번 써 봐요!

나는 당신이 잘할 수 있을 것 같은데!"라고 말하곤 했습니다.

그러던 어느 날 아내는 시와 수필을 좀 써 봤다고 스마트폰 메모지에 기록된 글을 불쑥 내게 내밀었습니다.

지난 35년간 한 번도 반응을 보이지 않던 글 쓰는 일을 드디어 해 본 것입니다.

아마 나를 놀라게 하려고 나 모르게 시간을 내 야금야금 글을 쓴 것 같습니다.

얼마 전에 TV조선에서 트로트 경연대회가 있었습니다. 그때 임영웅이라는 가수가 <어느 60대 노부부 이야기>라는 노래를 불렀는데, 아내와 함께 손을 꼭 잡고 눈물을 흘리며 들었습니다.

우리가 벌써 60대 노년이며 그 노래 가사의 주인공이라는 사실에 놀랐지만, 가사의 결말과 같지 않아 서로의 얼굴을 보며 감사했습니다.

"우리는 아직 살아 있구나! 헤어지지 않았어!

우리에게 아직 더 사랑하며 지낼 시간이 있구나!"라고 생각하며….

아내는 아직 내 곁에 있습니다.

건강이 조금씩 좋아지고 있습니다.

그리고 나의 시인이 되어 다시 나타났습니다.

이제까지 나의 글만 보고 고쳐 주던 아내의 글을 이젠 내가 보고 고쳐 줍니다.

나는 아내를 진심으로 사랑하고 온 마음으로 응원합니다.

늘 함께하는 남편

김동민

어머니께 축하드리며

어머니께서 시와 수필집을 쓰시겠다고 하셨을 때 아들인 저는 놀랐습니다. 놀란 이유는 글을 쓰신다는 것에 대해서가 아니라 글을 쓰신 시기에 대한 것이었습니다.

오래전부터 어머니의 글솜씨가 뛰어나지 않을까 짐작해 왔습니다. 제가 어릴 때에 어머니께서 해 주시는 이야기들을 지금까지 기억할 수 있기 때문입니다.

어머니의 훈계와 인생의 중요한 시기마다 전해 주셨던 조언들을 말하는 것이 아닙니다. 오히려 사소한 이야기, 지나가는 말로 하셨던 것조차 아이인 제가 마음에 깊이 새겨들게 만드시고, 십 년, 이십 년이 흘러도 기억할 수 있는 것은 어머니의 이야기꾼으로서의 재능의 증거였다고 봅니다.

아마 천 년 전에 스칸디나비아 지역에서 태어나셨다면 각 마을을 돌아다니시며 오로라가 보이는 검은 하늘 밑에서 바이킹들의 역사를 시의 낭독으로 전했던 '스칼드'가 되시지 않으셨을까 합니다.

어머니께서 지금에 와서 글을 쓰신 계기가 다양하게 있겠지만, 제가 생각하기에 많은 저자들에게 '때'라는 것이 존재하고, 그것은 자연스러운 것이자 과학적으로 설명하기 어렵지만 그 '때'가 어머니께 온 것 같습니다.

그러나 아들이어도 그 '때'가 오는 것을 예측할 수 없었고, 글을 쓰시겠다고 하셨을 때 놀랄 수밖에 없었습니다.

하지만, 다시 말씀드리자면 그것은 '때'에 관한 것이지 글을 쓰시겠다는 '의지'에 관한 것이 아닙니다. 이야기꾼에게 종이와 펜이 있으면 언젠가는 글을 쓰기 마련 아니겠습니까.

그동안 들어왔던 이야기들을 이렇게 하나둘씩 글로 옮기신 것을 읽으니 또 감회가 새롭습니다. 오히려 이번 시와 수필집을 통해 어머니의 생각들이 더 선명하게 다가왔습니다.

저에게는 물론, 읽으시는 여러분들께도 뜻깊고, 기억에 남는 글이 될 것이라 기대하며 이 인사말을 올립니다.

여러분들께서 이 글들을 통해 등대처럼 선명하게 밝고 높은 저자의 정신을 보게 되시기를 바랍니다.

보스턴에서 아들

김일엽 올림

감사의 인사말

안녕하세요.

김홍진입니다.

이 작은 책을 내게 된 것이 참 기쁘고 감사합니다.

어떤 때는 깊이 생각하며, 또 어떤 때는 그냥 줄줄 써 내려가다가, 한동안은 쉬다가, 총기 맑은 날은 많이도 쓰다가….

그렇게 썼습니다.

여러 가지 기억 속에 특별히 깊이 남아 있는 것들을 조금씩 펼쳐 보았습니다.

때로는 재미있고, 때로는 안타깝고, 때로는 아름답고 애틋한 그런 저의 이야기들을 했습니다.

자신보다도 더 저를 사랑하는 사람들!

사랑하고 존경하는 남편과 목숨과도 안 바꿀 자랑스러운 내 아들과 고운 며느리, 캐나다에서 늘 저를 위해 노심초사하는 사랑하는 언니와 막내에게 이 이야기들을 들려주고 싶습니다. 힘이 되어 주신 형부 임 장로님께 감사를 드립니다.

멀리 있는 아들 대신 늘 위로와 기쁨이 되어 준 내 마음의 큰아들 진수 내외에게 사랑과 고마움을 전합니다.

남편의 출타 중에 병상에서 밤을 새워 가며 간호사가 되어 준 숙이와 자야에게도 따뜻한 감사의 인사를 드립니다.

영양사가 되어 주신 권사님들과 집사님들의 사랑에 마음 깊이 감사를 드립니다.

기도로 섬겨 주신 창대 믿음의 모든 가족들께 머리 숙여 진심으로 감사를 드립니다.

모두 사랑합니다.

2021년 1월 23일

김홍진 드림

차 례

1부 시

2부 수필

1부
시

도토리묵

이게
너라니

쌉쌀하며
이토록
나긋나긋한

무딘
숟가락으로
잘라낼 수 있는

마구
뭉개 버릴 수도 있는

오
이게
너라니

가을이
다 저물도록
이리저리
구르며

돌아갈
거처도 없던
몸뚱이

묵직한 발끝도
날카로운
이빨도
씨알이 안 먹혔던
너의 오기

완고한
그 형질은
다
어딜 간 거냐

어둑한 숲길

썩어 가는
낙엽들 속에서
어느 날
너를 집어 들고

그에게로
가져와서

씻고
부수고는
맑은 물로
우려 냈다

원하는 만큼
말갛게
우려 냈다

짓밟히고
뭉개진
늙은 나뭇잎 사이에서

종내는
문드러져 가고 말
너를
씻어
갈아 부술 때
아프더냐
앙심을
품었더냐

그의
심중을
의심했더냐

너를
녹인 것은
뜨거운 솥단지
뜨거운 장작불

뜨건 연단
더 뜨건 긍휼
그리고

이게
너다

오
이토록
야들야들한

네가
될 수 있는
궁극의 모습

거친 숲길에
제멋대로
나뒹굴던

네가
그
도토리더냐

"그런즉 누구든지 그리스도 안에 있으면 새로운 피조물이라 이전 것은 지나갔으니 보라 새 것이 되었도다(고후 5:17)."

317

주 날 위해 보배로운 피흘리사아
그 귀하신 생명까지 다 주시니이
…

내 천한 몸
이 생명을
왜 아끼랴아

317장
부를 때는
여지없이
눈물이 난다

피곤하다고
쉬고 싶다고
안 내킨다고
할 만큼 했다고

몸을 사렸다

아직은 아니야
오늘은 아니야
지금은 아니야
핑계하며
시간을 아꼈다

이리저리 망설이며
아끼던 것
제대로 쓰지도 못했다

하나님은
아들을 내주실 때
왜 아깝지 않았겠냐

누가 봐도
이건 아니다 싶게
죽이시지 않더냐

진한 피를

다 짜 주셨는데

내세울 것 하나 없는
이 몸뚱이
별것도 아닌 것이
별일도 안 하면서…

일 절부터
끝까지
부르기도 민망해서

찬송가 317장을
부를 때면

눈물이 난다
부끄럽다
늘 은혜가 된다

갈매기

우리가 알기에
원래
너는 꿈이 있었다

그 꿈은
완전한 자유
완전한 비상

코끼리와 사자는
아프리카에서
끌려와
동물원에 갇혔다

잡는 이도
가두는 이도
없는데

이 낡은 여객선에
너는 짐짓
갇혀 있구나

날개를 가지고도
자유를 버린
네 욕망은 무엇이냐

갈매기야
내 손끝을
바라보지 말아라

새우맛 과자를
갈망하지 말아라

서슬 퍼런
물결 속에서

반짝이며
우쭐대는
청어 떼를 향해

차라리
곤두박질하여라

아직
네가
둥지에 있을 때
애미의 부리 끝에
생명을
의탁했던
먼 이전부터

자유를 향해
비상할
우아한
날개를 너는 가졌다

갈매기야
사람의 손끝을
사모하지 말아라

한 주먹 과자에

고개를 떨구지 말아라
퍼득거리며
애타지 말아라

짭조름한
붉은 노을을 향해
두 날개를 쫘악 펴고서

잡아맬 수 없는
쉰 목소리를 남기고

끼룩끼룩
이까짓 뱃머리
끼룩끼룩
앞질러 가거라

하늘 끝에
닿기까지
노래하여라

"너희는 이 세대를 본받지 말고 오직 마음을 새롭게 함으로 변화를 받아 하나님의 선하시고 기뻐하시고 온전하신 뜻이 무엇인지 분별하도록 하라(롬 12:2)."

파도

다 소용없는 짓이다

다 소용없는 짓이래도
한사코 달려드네

뭍에 오를 수 없으리

내게로 와
머무를 수 없으리

네
시린 가슴 속에
나도
들어설 수 없으리
나를 던질 수 없으리

수평선

어느 끝에서부터

엎어지고
엎어지며 내달려 오는구나
이 발아래
부르튼 손으로
널브러져
나를 쓰다듬다

눈물만
한 움큼
훔쳐 간다

바닷가에 홀로 선
나의 눈물은
너보다 더 짜고 말걸

짠 내뿐인
그것은 훔쳐 가
뭘 하려는가

다 소용없다

다 소용없다 하여도
한사코
뭍을 기어오르네
웅크린
나를 안으려 하네

얼어 버린
볼따귀
감싸려 하네

"주께서 물의 경계를 정하여 넘치지 못하게 하시며 다시 돌아와 땅을 덮지 못하게 하셨나이다(시편 104:9)."

십자가

내 목에 걸린
십사 금 목걸이는

내가
다시 태어났다는

하나님과
이어준 다리

이 십자가는
그러나
하나님의
최후통첩

아무리 생각해도
이것은
신의 한 수

헤어짐

예전에는
사람들을 남겨 두고
짐을 자주 꾸렸다

두려움보다
조금 더 무거운
설렘 때문에
남겨 놓은
마음들을 짐작하지 못했다

이제는
사람들이 가고
내가 남는데

떠나는 날의
그 스산함이
어렴풋하구나

헤어짐… 단지
존재의 공간 이동

문득
이
이과적인 결론에
한결 덤덤하다

더 긴 헤어짐

엄마가
본향으로 떠나가셨다

이 행성에서는
다시 볼 수 없는
기인 헤어짐

꿈속으로
자주 오마 하셨는데

막내가 조른
숫자 여섯 개가
아니더라도

엄마는
꿈으로도
외출을

안 하시는 게지

2015년 여름부터
그날까지는
보증된 재회의
시간 공백이다

엄마는… 그냥
존재의 차원 이동

그날을
매일 그리워한다

새들은

새들은 좋겠다
새들은 좋겠어

저렇게 맘대로
날아다니니
여간 좋겠다

창문을
올려다보며
엄마는
그리 부러워했지

늬들은 좋겠다
참 좋겠어
하늘을 맘대로 날고
세상 좋겠어

퀸사이즈 침대에 누워
엄마는 새들을
마냥 부러워했지
가지런히 잠자리는
정리해 놓고
한 귀퉁이에 누운
엄마는 손가락을
자근자근 물면서

창문만 한
하늘을
올려다보며
새들을
부러워하던

엄마는…

이제 좋겠다
세상 좋겠어

"모든 눈물을 그 눈에서 닦아 주시니 다시는 사망이 없고 애통하는 것이나 곡하는 것이나 아픈 것이 다시 있지 아니하리니…(계시록 21:4)."

남편은 이렇게

남편은
이렇게 말했다

글을 좀 써 보라고

나는 속으로 생각했다

그래서 뭐 하냐고

이제 와서

남편이 없는
늦가을 오후에

나는
살금살금
글을 쓴다

남편 몰래
아무 소용없을
글을
자꾸 쓴다

언제쯤
내 남편은
이것을
보게 될까

아마
조금도
놀라지 않으리

그래도
나는
남편을
놀래키려

몰래
글을 쓰고 앉았다

진짜

진짜가 나타났다

종로구 연건동 28*
진짜가
탯줄 매달고 나타났다

동네 아지매들
울화통 치밀까 봐
낱낱이
자랑 못 한
그런 놈이 나타났다

다른 걸 다 떠나서
요놈을 볼 때

---

* 서울대학교병원

나는
확실히
행복자로다
승리자로다
편애를 받고 있구나
뭘 잘했을까
어디서
곱게 보였을까
도무지
알 수가 없는데

요놈을 보면
나는
대박 난 인생

허술하기 짝이 없는
애미한테서
진짜
진짜가 나타났다

나 알기에
요놈은
손가락에 꼽힐
걸작품

그런 놈이
우리 집에
진짜 나타났다

아들과 바나나

아들이 두 살 때
몸값 나가던 바나나

어기적어기적
시장을 따라나서는
노오란 속셈은
그노오므 바나나

젤 실한 놈은
놀놀한 팔백 원

엄마가 쥐여 주는 놈은
손에 딱 잡히는
오백 원일세

단물을 베물면서도
아들은

두어 번 돌아다보네

이제는 걸이가
휘어지게 걸려서는…

일주일 지나도록
먹도 못 하는
바나나

태평양 바다 저 건너에
바나나 잘 먹는
내 강아지가 있다네

기차역에서

앙상한 가지들로
무성한
회색 숲들이
천천히 다가왔다가
물러간다

볕은 뜨겁고
바람은 시린
사월에

언니는
못 미더운
눈길로

기차역에
나를
들여보냈지

만날 때마다
조금씩
익어 가는 얼굴로

언니는 나를
나는 언니야를

차마
돌아서서
가지 못한다

기차는
철로를 따라
무심히
내달리는데

언니

하나님
저에게
좋은 언니를 주셔서
감사해요

언니에게는
나와 많이 다른
그래서
나를 더 잘 보는
그런 큰 눈을 주셔서
감사해요

언제나
나의 흑기사가
되어서
사방을 엄호하는
용감한 언니를 주셔서

감사해요

조그마한
장난에도
늘 크게 웃는
호탕한 언니를 주셔서
감사해요

좋은 것을 봐도
맛난 것을 먹어도
항상
나를 떠올리는
따뜻한 언니를 주셔서
감사해요

언니가
멀리 있어도 감사해요
두어 해 만에
만나서
큰 애틋함을
나누게 하셔서

감사해요

제 마음 가장
따뜻한 곳에
늘 품게 해 주셔서
감사해요

시간과 공간도
우리를
멀어지게 하지 못함을
감사해요

하나님
저에게
이렇게
멋진 언니를 주심에
큰 감사를 드립니다

막내에게

막내야 우리
꿈길에서 만나자
만나면 두 손을 꼭 잡자
꼭 잡고 아무 말 하지 말자

너의 가슴에 나의 가슴에
말로 할 수 없는

그래서 두 손만
꼭 잡으면서
서로 바라보지 말자
아무 소리도 내지를 말자

오늘은 그냥
너와 나랑은
꿈길 모퉁이서 만나자

풍경 1

새벽이면
사내들이 모여든다
거무스름한 얼굴에
칙칙한 옷을 걸친

어깨를 움츠린 사내들이
스멀스멀 몰려든다
담배를 물고
침을 뱉으며
봉고차를 기다린다

누가 내 이름
부르기를 기다린다
누가 내 인생
필요하기를 기다린다

봉고차가 떠나면
해가 뜬다
오늘 하루 뭘 할 거냐
물어보는 해가
높이 뜬다

일하지 못해서
지쳐 버린 사내가
휘적휘적 걸어가는
가리봉 오거리

막내야
언니가 살고 있는
이 풍경을 그려 봐

풍경 2

구름 무거운
앞산 첫 등성이는
어두운 잿빛이네

한 겹 아래 등성이는
조금 밝은 회색

내 쪽에 가까운
언덕배기는
온통 짙은 나뭇잎

까마귀인지
까치인지
예닐곱 마리

어지러운 소리로
몰려다니는

가을 초저녁

봉고차에 기댄
사내들은
돈을 헤아리고

타닥타닥
어느 사내들은
마작을 시작하고

나는 어서어서
네 발 지팡이를
졸업하려고

가리봉동 교회 옥상을
부지런히 걷는다

상상을 해 봐
너는
언니의 풍경을!

꽃 같은 사람

화창한 봄볕을 등지고
꽃잎같이
뚝 떨어진다

거센 빗줄기를
우산으로 가리며…

또 너는
마른 낙엽처럼
부서지는
울음을 내지른다

너의 눈물이
하얗게 쌓였다
하얗게 얼었다

그것이 나의
근심이 된다
아픔이 된다
그것은
나의 기도가 된다

너의 해

비가 온다
끝이 없을 것 같이
느긋한 비가
우죽우죽 내린다

창가에 기대어 비를 듣자
네 인생 어느 날
해가 없어진 것 같이
빗소리만 들리는 날
나는 네 창가에 함께할 거야

비가 그치고
구름이 걷힌 후에
너는 놀라리라

그곳에
해가 있다는 것에
뜨겁고도
여전히 밝은
너의 해가 있었다는 것에

메밀국수

퇴근 시간을 피하러
들어온 백화점
딱히 살 것도 없는데

식당가를
어슬렁대다

어색하게
메밀국수 한 판을
청한다

시장기 하나도 없이

괜한 장국에
고추냉이를
휘휘 풀어 젓고

욕심 없는 속도로
국수를 넘긴다
무심하게
점점 몰두한다

엄마의 흰 머리카락같이
곱게도 썬
양배추 위에

양념을
적당히 뿌린다는 것은
욕심을 다스리는 것

샛노란 무절임을
아작아작 씹으며
세상 초연한
목소리로

여기요
한 판 더 주세요

국수장인에게
일말의
예의를 차리고 나면
이제
차들이 많이 빠졌을까?

배도 고프지 않은
귀갓길에

국수가락처럼
긴 저녁을 먹는다

각오 1

언젠가

좋은 그릇을 쓸 거야
내 손으로
고른 걸
꼭 쓸 거야

그때까지
컵 같은 걸 살 일은 없어
때가 아니야

돈 들어갈 곳이
아직 많으니까

자식한테도
할 일을
어느 정도 하면

신경 쓸 일이
없을 테지

그때는
정말
내 맘에 꼭 드는 걸
사서 쓸 거야

항아리 모양에
그 예쁜 풀꽃이 그려진
폴란드 커피잔부터
두 개 사자

멋진
백발의 신사가 되었을
남편과
마주 앉아서
하와이언 코나를
즐겨야지

정말
내 마음의
커피잔을 갖게 될 거야
어쩌다 갖게 된
싸서 사게 된
기념으로 나눠 준

이것들은
청산할 거야

그래서
장바구니에만
담아 놓는 거야

개업식에서
나눠 준
막잔에
커피를 마시는 데는

다 이유가 있어

각오 2

더 나이 들면
깊은 고민 안 하고
툭툭 여행 갈 거야

더 늙는다는 건
아마도
더 자유롭다는

분명히
지금보다
여유가 있을 테니까

남편이랑
단둘이
정말 떠나는 거야
깊이 생각할 것도 없이

비용 따윈
이미
문제가 안 되지

시간은 말할 것도 없고

우리가
챙길 것은
오직 튼튼한 두 다리

낯 모르는 이들과
대형 버스에
오르내릴 필요도 없어

초면에
4인분 밥상을
나누는 일 따위
다시는 없을 거야

둘만의
안내인을

고용하면 되지 뭐

모든 일정은
두 노인네
체력에 맞추게 하자

당연히 그래야지

수고료를
넉넉히 주면 되니까
그럴 때는
꽤나 여유로운 표정으로
근사하게…
다 생각해 둔 게 있지

부다페스트와
물랑루즈… 캬!
알프스까지
볼거리 먹을거리
깐깐하게
살펴보면서

막상
오늘 떠나지 않는 데는

다 이유가 있어

번지점프

목 좋은 곳에
판을 차려 놓고

뛰어내린다지만
사실은
날아 떨어지는 거다

발목을
맨 줄이 다
풀리기 전까지는

새의 눈
새의 마음
새의 경험
날 수 있는 것의 우월감

다 풀려 버린 줄에
몸뚱이를
의탁할 때야
흔들리는 풍경
흔들리는 심장
흔들리는 시간

요동치고
어지러운
당황하는 세상

두레박처럼
출렁거리며
바닥에서 멀어질 때

산발한 채
내리는 결론은
새가 아니라는

새가 아니라는

백 번을 뛰어내려도
번지 점프는
날개 없음을
확인하는 비상

군밤

바람이
서늘해지기 전에
날
흔들지 마라

풋내 나는
내 꿈
익을 때까지는

위태로이
매달리려 해
이 허공에

설익은 이불자락
들춰 보지도 마
가시에 찔릴라

기필코
두드려 깨우는가
내동댕이치고
짓밟는가

몰인정한
서릿발 속에
나뒹구는구나

차라리
나를
불구덩이에 던져라

웅크리고
그 속에서
꿈을 끝내 꾸리라

너에게로 갈
너에게 나눠 줄

노랗게
달달한
뜨거운 꿈을
마저 꾸리라

탄 냄비 닦기

그 녀석이
갈라섰다고 했다

냉정한 구석이라곤
도무지 없는 놈인데

탄 냄비를
한갓지게 내다 논

재활용 통을
지나면서
가슴이 먹먹하다

이 지경이 되기까지는

손톱 얼얼하도록
닦아도 봤겠다

저물녘이면
바글바글
된장도 지져 댔으련만

이리
내놓았을 때는

누군가 집어다가

솜씨 좋게
닦아 쓸지도
모른다는

딱히
버리는 건 아니라는
소망적 사고로

더는 문지르기를
멈춘 것뿐인가

국어 선생님

국어 선생님은
시인이라고 그랬다
시집도 있다고

시인이라기에는
어라
꼬박꼬박
점심을
챙기신다

그렇게나
고왔던
벚꽃나무 아래
홀로 계신 것도
본 적이 없어

시 같은 걸 쓴다는 여유가
묻어나지 않는
그의
시집을 찾았다

중년의
아저씨가 늘
졸고 앉았는
헌책방
바닥 언저리에

얇고 창백한
그의 시집이
눅진하게 엎어져 있었다

몇 자 안 돼 보이는
시집을
손에 넣고
갑자기 그를 알아 버렸다는
영문 모를
개인적 느낌에

조금도 시적이지 않은
검정 안경 속의
무심한 눈동자를
바라볼 수 없었다

앉은 자리서
한 시간이면 족할
그의 시들을
나는 오랫동안
삭이지 못했다

나의 국어 선생님은

시인이셨다

산

산자락아
참 예쁘구나
오늘은 선명하니
선이 정말 곱구나

젊을 때보다
다듬어져서 그래
나를 보는 네 눈도
다듬어져서 그래

내가 보이는 날이
귀해져서 그래
네가 나를 볼 수 있는 날이
점점 짧아져서 그래

젊어서는 무성한
손을 휘휘 내젓더니

이제는 누구든
오라 오라 하네
괜찮네
괜찮아
바라만 봐도 좋아

자네가 빌딩에
더 묻히지 않으면
나는 그것으로 족하다네

자네는 거기서
나는 여기서
노을에 물들며
이렇게 서로 바라보고
있는 것만도 좋지 않은가

낙숫물

또옥 똑
낙숫물
연이어 떨어져서
땅바닥 모래알에
우물을 판다

적은 비에는
도토리만 한
많은 비에는
밤톨만 한 우물을 판다

장마지는 여름밤에는
긴 도랑도 파 논다

그래도 제자리만
파 댄다

하늘에서
비를 주는 만큼만
또독 또도독
자기 우물을 판다

욕심도 안 부리고
시샘도 하지 않고

제자리만
또옥 또독

충성스럽다*

"그리고 맡은 자에게 구할 것은 충성이니라(고전 4:2)."

* 남편의 전도사 시절을 표현함.

노년산행 1

지팡이 두 개 들고
겨울 산길에 나섰다

그래도 이 나이에
찬바람이 개운타

살얼음 입은 돌에 미끄러져도 좋다

어차피 내 인생
미끄러지며 오지 않았냐

거친 나뭇가지에 걸려
넘어져도 상관없다

내 젊은 날 넘어진 것이
한두 번이더냐

넘어진 김에 쉬어 갈까도
했었지

그래도 일어났었다
그분이
쥐여 주신 지팡이 꼭 잡고
다시 일어났었다

남은 산행도 그럴 거다
그렇게 마칠 거다

지팡이 두 개 들고
시작한 산길
그분과 끝까지 갈 거다*

* 남편의 목회 인생을 산행으로 표현함.

노년산행 2

어찌어찌 바닥만
바라보며
꼭대기에 왔다

내 발걸음이 그렇게
멋이 없었다
작은 벌레가 정성 들여
파 놓은 기다란 나뭇잎이
걸작이로구나

고운 단풍만 단풍이더냐
누렇게
어정쩡한 단풍에
더 정이 가는구나

산꼭대기에 올라서
사방을 바라보며

"추수할 밭이 많기만 하구나!"
호기 부리던 젊은 날을 회상하고

숨 한번 고르고
내려가는 길은
손때 묻은 지팡이가
더 절실한
노년산행

사랑하는 아내와
나는 간다

2부

수필

와이셔츠 상자

"홍진아, 얼른 나서자."

언니가 옆구리에 몸집만 한 와이셔츠 상자를 끼고 집을 나서자고 나를 재촉했다.

엄마는 눈이 별빛 같은 막내를 포대기에 싸서 옆에 눕혀 놓고 우리가 가까이 갈 때마다 "나가 놀아라. 애기 만지지 마라." 하셨다.

내가 5살 때 태어난 막내는 서양 인형같이 예뻤다. 눕히면 눈을 감고 일으키면 크고 파란 눈을 반짝 뜨는!

훗날 언니와 나의 활동을 크게 제한시킨 하나뿐인 내 동생 막내는 구정 명절 즈음에 태어났다.

언니는 나를 데리고 윗집 아줌마 댁으로 가는데 세배하러 가는 그날은 격식을 차리려는지 매일 다니던 마당에서 왼쪽으로 서너 계단 오르는 쪽문을 지나 윗집 부엌 뒷문으로 가질 않고 대문으로 나가려 했다.

검고 거친 나무로 된 적산 가옥 같은 윗집과 우리 집은 한 울타리 안에 있었다.

윗집은 우리 집보다 서너 계단 위에 자리 잡고 있었는데 우리 집 마당에서 윗집 부엌 뒷문으로 서로 연결이 되어 있었다.

윗집에는 안경 너머로 항상 언니와 나를 수상쩍게 바라보는 깐깐한 할머니와 한복을 지으시는 아줌마, 쌀가게를 하는 아저씨 내외와 어려운 공부를 한다는 대학생 아들이 살고 있었다.

아주 나중에 엄마가 그러셨는데 아들은 대단한 학교에서 법을 공부했고 네 분이 모두 피 한 방울 안 섞인 피난민들이라고 하셨다.

엄마는 막내를 낳아 몸조리 중이셨고, 나는 5살, 언

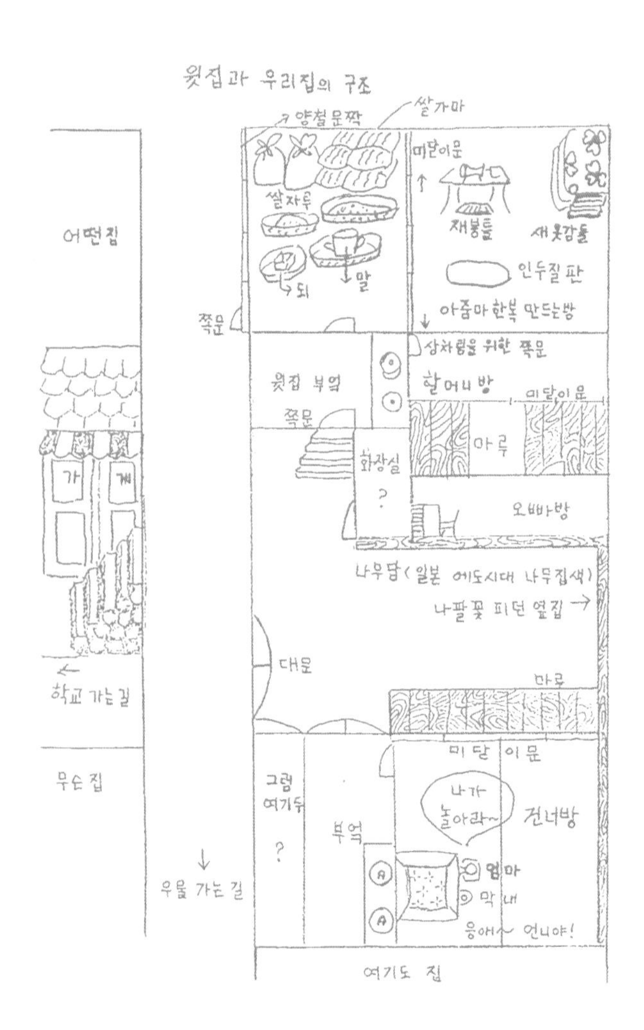
윗집과 우리집의 구조
양철문짝
쌀가마
미닫이문
쌀자루
재봉틀
새옷감들
어떤집
되
말
인두질판
아줌마 한복 만드는방
쪽문
상차림을 위한 쪽문
윗집 부엌
할머니방
미닫이문
쪽문
마루
화장실
?
가
게
오빠방
나무담(일본 에도시대 나무집색)
나팔꽃 피던 옆집
대문
학교 가는 길
마루
무슨 집
미닫이문
그럼
여기두
?
나가
놀아라~
건너방
부엌
엄마
막내
우물 가는 길
응애~ 언니야!
여기도 집

니는 7살, 취학 전이던 우리는 날만 새면 윗집에 가서 종일을 놀았다.

공단, 양단, 항라…

고운 옷감들이 큰 나무 판에 둘둘 말려 있고 내가 누우면 꼭 맞는 다리미판도 있어서 아줌마가 인두*질을 하지 않으실 때면 내 잠자리가 되곤 했다.

그리고도 자투리 옷감은 다 우리들 차지였으니!

그보다 더 호사스러운 놀이터는 없었다.

나는 가위질을 좋아해서 갖가지 꽃 모양들을 가위로 자르곤 했다.

심지어 새 옷감도 가위질을 해댔다. 그런 사고를 쳐도 윗집 아줌마는 엄마에게 아무 말씀도 하지 않으셨다. 심지어 할머니께도!

아 참! 세배하러 가는 길이었지?

언니는 대문을 열고 나가서 오른쪽 길을 따라 살짝 올라가더니 어라? 아줌마 한복집 앞에 자리 잡은 아저

---

* 작은 다리미.

씨의 쌀가게로?

그것은 정식으로 윗집을 방문하는 길이었다.

앞쪽은 아저씨가 쌀가게를 하시고, 뒷방에서는 아줌마가 한복을 지으셨으니까!

명절이라 문을 닫은 쌀가게의 미닫이 양철 문을 주먹으로 두드리니 아저씨가 예상이라도 하신 듯 싫지 않은 기색으로 양철 쪽문을 열고는 "하이고, 나는 또 무슨 대단한 손님인가 했네." 하시며 우리를 안으로 들이셨다.

"세배하러 왔냐?"

"네에."

할머니와 아저씨, 아줌마, 큰오빠, 온 가족이 다 모여 계신 걸 보니 아마도 우리를 기다리신 게지?

언니랑 나랑 나란히 속으로 박자를 세며 세배를 드리고 중요한 순간을 기다렸다. 어라? 어쩐 일이지?

주실 것은 안 주시고 어른들의 숨죽인 웃음소리만 들리다가… 언니의 단발머리 뒤꼭지에서 '딱' 하는 막대기 소리가 들렸다.

"무슨 일일까?"

나는 천천히 고개를 옆으로 돌려 언니를 쳐다보았다.

세배를 끝낸 언니의 손바닥이 천장 쪽으로 뒤집혀 있었다.

분위기가 심상치 않아 나는 꼼짝도 않고 엎드려 있었다.

부복하고 있는 두 소녀를 향해 할머니께서 엄하게 문초를 시작하셨다.

"그래, 그건 어느 나라 세배냐?"

"…."

"그 상자는 세뱃돈을 잔뜩 모아 담을 상자냐?"

"…."

"할머니, 그만하세요."

"하하, 애들 놀라겠어요."

아저씨 같은 오빠가 우리 편을 들어 주셨다.

그런데 참 이상한 것은 5살의 어린 나이였음에도 나는 상자를 들고 나타난 언니의 배포를 할머니께서 썩 싫어하지 않으신다는 생각이 들었다.

다리에 쥐가 나도록 우리를 놀리시고 나서 "큰 부자가 되라우!" 하시면서 할머니는 세뱃돈을 내주셨다.

할머니와 윗집 어른들께 단체 세뱃돈을 받고 나서, 그리고는 음… 딱히 다른 곳으로 세배를 갔던 기억은 나지 않는다.

그래도 언니는 해마다 설날이 되면 와이셔츠 상자를 옆구리에 끼고 비장한 얼굴로 나에게 말했다.
"홍진아, 나서자!"

7살 때부터 이렇게 통이 컸던 언니는 훗날 형부와 큰 사업을 하며 목회하는 남편의 유학 시절, 우리 가정의 든든한 후원자가 되어 주었다.

용각산

"둘째 시간 끝나거든 홍진이 교실로 가서 한 숟가락 먹여라."

학교에 나서는 길에 엄마가 언니에게 알루미늄 용각산 통을 내미셨다.

"흔들리지 않게 잘 가지고 가고!"

"에에."

어릴 때부터 나는 잔병을 달고 살았다.

남편의 유학을 위해 추운 캐나다에 가서는 1년이면 거의 5~6개월을 감기 몸살로 고생을 했었다.

둘째 시간을 마치면 언니는 여지없이 2학년 우리 교실 복도에 용각산 통을 들고 나타났다.

자!
약을 먹자
목을 뒤로
획 젖히고
기침이나
재채기는
참아야 해!
가루가 잘못
코나 입으로
나오면
무효야
무효!
알았지?

"아 해! 목을 뒤로 더 제치고오! 그렇지!"

언니는 장난감으로 가지고 놀면 딱 좋을 가늘고 노오란 숟가락을 꺼내서 가루약 한 숟가락을 떠내 내 앞니에 대고 탁탁 털어 넣었다.

"얼른 입 다물어. 얼른! 숨 쉬지 말고!"

내가 숨을 쉬어 코나 입으로 가루약이 새어 나오면 "으이구! 무효야! 무효! 이것아 무효라구우. 안 되겠다. 반 숟가락만 더 먹자." 했다.

3학년짜리 무허가 약사는 반 숟가락을 더 처방해 먹여 주었다.

그리고는 속 뚜껑을 닫고 그 앙증맞은 숟가락도 탁 소리를 내며 다시 집어넣는 거였다.

"천천히 혀에서 녹여 삼켜. 알았지? 언니 간다."

나는 한 손으로 입을 꼭 틀어막고 고개를 끄덕이며 뒤를 돌아보면서 복도를 달려가는 언니에게 손을 흔들었다.

기침과 가래가 좀처럼 안 떨어질 때는 나는 지금도 가끔 용각산을 먹는다.

먼저 목을 뒤로 젖히고 그 가녀린 숟가락으로 가루약을 한 수저 떠서 입안에서 수저를 뒤집은 다음 아랫니에 톡톡 털고 가루가 코나 입으로 새어 나오면 무효니까!

혀에서 침으로 천천히 녹인다.

용각산을 녹이면 엄마의 근심 어린 치맛자락 냄새가 난다.

약통을 들고 서 있던 단발머리 무허가 꼬마 약사의 "입 밖으로 새어 나오면 무효야, 무효!" 하는 박하사탕 맛 목소리가 들리는 듯하다.

천사와 둘째 목자

나 어릴 적 다니던 교회는 동네에서 가장 높은 곳에 자리 잡고 있었다.

종탑 꼭대기 십자가에는 솜사탕 같은 낮은 구름이 늘 걸쳐 있었다.

종을 치는 굵은 노끈은 종탑을 가로지른 나즈막한 쇠기둥에 항상 도르르 말려 있었는데 우리 주일 학생들이 아무리 팔딱팔딱 뛰어도 손에 닿지는 않았다.

주일학교 전도사님이 예배를 알리는 종을 치실 때면 우리들은 일렬로 서서 한 번만 줄을 당기게 해 달라고 애걸복걸했었다.

언젠가는 내 차례가 돼서 전도사님이 나를 불끈 안

아 줄을 잡게 하고서 다리를 잡아당기셨다.

그 영광스러운 순간에 머리 위를 올려다보니 내 머리통만 한 쇠뭉치가 좌우로 움직이며 귀청을 때리고 다리는 땅 위에서 대롱대롱 흔들렸다.

땅에 내려와 종탑 기둥에 매달렸던 나는 두 번 다시 종치기를 조르지 않았다.

여자들과 아이들은 밤껍질같이 맨질맨질한 마룻바닥에 흰 방석을 깔고 앉아 예배하고 남자들은 왼쪽에 갑자기 푹 꺼진 땅바닥에 신을 신은 채 긴 의자에 앉고, 찬양대는 조금 더 높은 자리에 'ㄴ' 자로 의자를 놓고 앉았다.

목사님은 흰 한복을 입으시고 마루 위 강대상 오른쪽 옆문에서 나오셨는데 문이 열릴 때면 문 안쪽에 검은색 장롱이 살짝 보이곤 했다.

해마다 성탄절이 되면 주일학교에서 성극을 했다. 국민학교 2학년이 되던 해부터 나도 성극을 하게 되었다.

성탄이 가까워진 주일 오후에 전도사님은 "오늘은 성

탄절 성극 역할을 정할 테니 예배 후에 잠깐 남아라."
라고 하셨다.

전도사님이 아이들을 모아 놓고 역할을 정해 주셨다.

마리아, 요셉, 동방박사 세 사람, 중요한 배역이 하나 하나 정해졌다.

주인공 예수님 역은 통이 좁은 메밀 베개가 작은 담요를 뒤집어쓰기로 했다.

나와 2살 터울인데도 키가 훤칠한 언니는 천사!

나는 목을 빼고 이름 불리기를 기다리다가 물었다.

"전도사님, 저는요? 저는 뭐 해요."

"음, 홍진이는… 둘째 목자 하면 되겠다."

그렇게 해서 나의 둘째 목자 사역은 시작되었다.

"얘들아! 잘 들어! 준비물도 있어.

…

그리고 천사는 엄마 한복 속치마를 입고 오면 되겠다. 엄마한테 '입술연지도 발라 주세요.' 해라."

"네에."

"전도사님, 저는요? 둘째 목자는 뭐 입어요?"

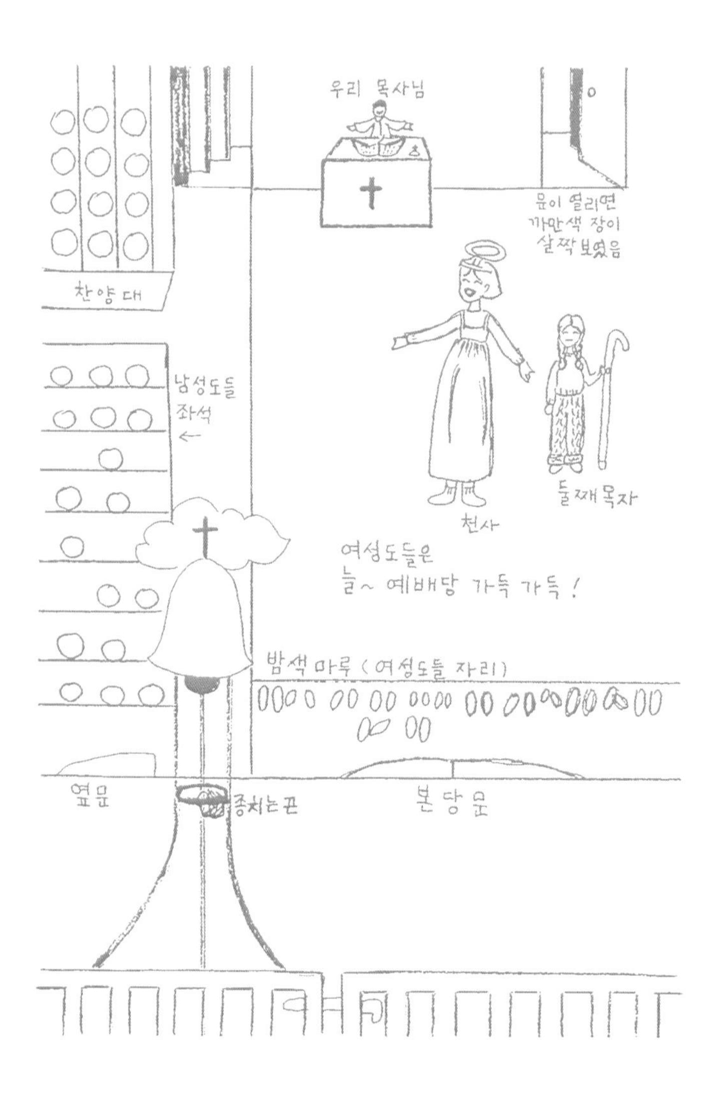
우리 목사님
문이 열리면
까만색 장이
살짝 보였음
찬양대
남성도들
좌석
천사
둘째목자
여성도들은
늘~ 예배당 가득 가득!
밤색 마루 (여성도들 자리)
옆문
종치는곳
본당문

"음, 너는 오늘 입은 그대로 오면 돼."
"네? 이대로요? 정말요?"
"그래."
"자, 이제 집에들 가거라."
언니는 하얀 엄마 한복 속치마에 엄마도 생전 안 바르시는, 하얀 가제 손수건에 싸여 있던 새끼손가락만 한 일제 입술연지를 바르고 머리에는 하얀 종이관까지 쓰는 천사가 되었다.
정말로 멋졌다.
더 멋진 건 대사가 정말 많았다.

나는 큰 스웨터를 풀어서 라면발처럼 꼬불꼬불한 실을 펴기 위해 주전자에 넣고 끓여서 주둥이로 빼낸 실로 다시 짠 빨간색 게또* 바지를 입은 둘째 목자가 됐는데… 대사가 없었다.

언니는 하루 종일 천사 대사를 외워 댔다.
내가 부스럭 소리만 내도 "조용히 해." 하면서 "자! 들

* 털실.

어 봐." 했다.

언니의 외우는 소리를 듣고 나도 거의 외운 터라 딴 짓을 하면서 들으면 "성경을 보면서 들어야지이, 쯔!" 했다.

엄마는 이불 호청을 기우며 "성경 보면서 들어라." 하시고!

성탄절 저녁에 천사는 보자기에 엄마 속치마를 싸고 집에서 일제 입술연지를 빨갛게 바르고 입을 못 다물고 반쯤 벌린 채 교회에 가고 둘째 목자는 빨간색 게또바지를 입고 천사의 호위 무사가 되어 교회에 갔다.

전도사님께서 주일 학생들만 보시면 무조건 "흐음" 하고 혼을 내시던 할아버지의 지팡이를 빌려다가 내 손에 쥐어 주셨다.

나는 지팡이를 들고 목석같이 서서 메밀 베개 예수님과 마주 봤다.

"예수님, 왜 둘째 목자는 말을 안 했어요?"

"정말 안 했어요?"

이듬해에도 성탄절이 되면 그 천사와 말 안 하는 둘

째 목자가 사이좋게 우리 교회에 나타났다.
그리고 그다음 해에도….

천사의 하얀 드레스는 점점 짤막해져서 발목이 드러나 보였지만 둘째 목자의 빨간색 게또 바지는 잘도 맞았다.

언니가 중학교에 가면서 천사의 권좌에서 내려오고 둘째 목자는 아마 그 이듬해에 은퇴를 했을 것이다.

지선이네 다락방

"오늘은 학교 파하고 곧장 집에 와라!"

엄마는 학교에 가는 내 뒤통수를 향해 다시 말씀을 하셨다.

나는 우물우물하고 빠른 걸음으로 등짝에 책가방을 흔들흔들하며 학교로 향했다.

교문을 들어서면 제일 먼저 왼쪽에 시멘트로 된 관리 사무실의 소사(관리) 아저씨께 인사부터 하는 거다.

"오냐, 착하구나."

우리 학교 소사 아저씨는 내 짝꿍 지선이의 아버지셨다.

날이면 날마다 지선이랑 나는 붙어 다녔다.

2, 3학년 연이어 같은 반이 된 우리는 키도 비슷해서

짝꿍이었고 그러다 보니 단짝이 되었다.

어른들께 늘 바늘과 실이라고 불리던 언니도 그즈음에는 같은 친구들과 어울리기도 하고 막내를 돌보느라 분주했다.

"홍진아, 오늘도 우리 집에 가자."
"그래."
엄마 당부는 뒷전으로 하고 나는 또 지선이네로 간다.
"안녕하세요?"
"오, 홍진이 왔냐? 어여 들어가거라!"
지선이 엄마는 항상 나를 반기셨다.
"빵 먹으면서 놀아라."
"네에."
우리는 방바닥에 배를 깔고 엎드려서 공책을 펴 놓고 몇 자 안 되는 숙제를 한나절이나 붙잡고 삐대면서 옥수수빵을 물고 뒹굴었다.
"아이고, 아직도 공부하냐?"
지선이 엄마는 양은 주전자에 물을 떠다 방에 들이미셨다.
"엄마 시장 간다!"

"예."

우리 둘은 쇳내가 살짝 나는 물을 벌떡벌떡 마셨다.

뒹구는 것도 어지간히 싫증이 날 때 즈음 슬슬 다락으로 거동을 했다.

"홍진아! 다락에 올라갈까?"

"그래!"

나는 기다렸다는 듯이 공책을 덮고 벌떡 일어나는 거다.

지선이네 안방 오른쪽 벽 다락방 문을 열면 발판이 좁은 계단이 다섯 개쯤 나타났다.

우리는 다락방에 올라가서 엉거주춤 뒷짐을 지고, 대나무 광주리들을 헤아렸다.

제일 앞쪽에 있는 것은 제일 말랑말랑한 놈들, 그다음 광주리는 조금 덜 말랑한 놈들, 그다음은 지난주 것, 그리고 갈수록 돌덩이같이 딱딱하다.

하나 들어 던져 보면 튕겨 나올 만큼!

"헉! 완전히 돌이다, 돌!"

지선이랑 나는 옥수수빵을 검사하고 놀았다.

6·25 전쟁 후 미국에서 보내 준 옥수숫가루로 만든 빵을 학교에서 급식으로 주었던 시절이었다.

아마도 결석하는 아이들이 있으면 남은 빵을 모아서 관리실로 보냈던 모양이다.

그래서 지선이네 집에는 항상 옥수수빵이 있었고 고추장을 담는 때가 되면 지선이 엄마는 마른 옥수수빵을 잘게 부수어 절구에 찧어서 고추장을 만드셨다.

그렇게 배를 부풀리며 놀다가 집에 돌아올 때면 지선이 엄마는 가끔 누런 봉투에 말랑한 옥수수빵을 대여섯 개 담아 주곤 하셨다.

저녁때가 돼서야 집에 들어서는 나를 막내를 등에 업은 언니가 곱지 않은 눈으로 흘겨보다가도 누런 봉투를 슬쩍 내밀어 보이면 엄마를 조심하라는 눈신호로 금세 바꿨다.

"우리 집에 새언니가 들어온다!"
"뭐? 정말?"
"방도 새로 꾸미고 장도 들여놨어, 야!"
"우와! 그으래?"

"얼른 와 봐."

"그래그래, 빨랑 가 보자!"

내 단짝 지선이와의 끝은 그날 그렇게 시작되었다.

과연 지선이네 집 대문을 들어서자 방바닥을 새로 칠한 니스* 냄새가 확 났다.

지선이와 터울이 많은 오빠가 결혼을 해서 새언니가 들어온단다.

새로 꾸민 방 툇마루에 엉덩이를 반씩 걸치고 앉아서 지선이랑 나는 눈을 반짝이며 새색시 방을 들여다보았다.

어른들은 다 어딜 가셨을까?

잔치 준비로 바쁘셨는지 아무도 안 계셨고 방바닥은 다 말랐는지 덜 말랐는지 모르지만 갱엿**처럼 반질거렸다.

새빨간 새 자개장을 들여놓은 걸 보면 다 말랐나 보다.

---

* 도료의 일종.

** 쌀이나 다른 곡물로 만든 덩어리 엿.

우리는 서로 얼굴을 마주 보고 말 한마디 없이 고무신을 급히 벗고 방으로 들어섰다.

하나, 둘, 세엣!

빨간 자개장 앞에 반도 다다르기 전에 발바닥이 찐득거렸다.

“지선아아! 그대로 뒤로 나가아! 네 발자국대로오!”

“알아! 알았어!”

머리가 기발한 우리는 들어온 발자국만 남긴 채 나간 발자국은 없이 감쪽같이 방을 빠져나와 고무신을 신고 시냇가로 냅다 달렸다.

고무신은 그새 발바닥에 붙어 버렸다.

지선아~~ 뒤로 나가아아아 아~~
그래!! 알았써~~

그때가 가을이었을까?

아니면 두려움과 죄책감 때문이었을까?

입술이 파래진 우리는 한참이나 물속에 발을 담그고서 덜덜 떨었다.

냇물에서 유리 조각을 건져서 발바닥을 문질러 댔다.

피가 조금씩 났다.

눈물도!

냇가에 서늘한 저녁 그늘이 갑자기 빠르게 덮였다.

우리는 추위와 두려움으로 이를 덜덜 떨며 지선이 집으로 돌아와 내 가방을 챙기고 서로 잠시 쳐다보곤 헤어졌다.

나는 핏물이 조금씩 고이는 빨간 고무신을 뿌걱거리며 집으로 돌아왔다.

우리의 작은 발자국이 선명할 집에 지선이를 남겨 두고! 친구야, 안녕, 안녕! 우리들의 다락방아.

흐흑
흑흑
뿌걱
뿌걱
뿌걱

덧붙이는 말

지선이 오빠 잔칫날에 나는 지선이네 집(우리의 범행 현장) 골목에 숨어서 잔치를 엿봤었다. 어른들이 기분 좋으실 때 들어가서 '그 일을 용서해 달라고 빌어 볼까?' 생각도 했었는데 생각만 해도 너무나 무서워서 눈에 띌까 봐 오히려 줄행랑을 쳤었다.

지금도 남편과 국민학교 때를 추억하며 옥수수빵을 먹을 때면 내 친구 지선이 생각이 가끔 난다.

간첩잡이단

내가 1959년생이니까 6·25 전쟁이 끝난 후 10년이 채 못 되어 태어난 것이다.

국민학교 때는 온통 반공방첩* 교육을 받았다.

골목 어귀 전봇대마다 반공방첩 포스터가 붙어 있었고 구멍가게 유리문이며 식당 출입문에도 온통 그 포스터가 붙어 있었다. 학교에서는 반공방첩 포스터 그리기 대회도 있었다.

간첩을 잡거나 신고하면 큰 상금을 준다는 뉴스를 라디오에서 늘 했었다.

---

* 공산주의를 반대하고 간첩을 주의하라.

굵은 노끈에 손이 꽁꽁 묶여서 고개를 푹 숙인 채 경찰 아저씨에게 끌려가는 간첩의 모습이 학교 가는 길 전파사 텔레비전 뉴스에 나오곤 했다.

"저, 저, 저, 빨갱이 놈들!" 긴 담뱃대를 든 할아버지들은 분노하여 땅바닥에 "캬악" 가래를 뱉으며 흥분하곤 하셨다.

나랑 언니의 나이는 2살 터울이지만 학년은 한 학년 차이였다.

학교에 입학한 언니를 따라 나도 학교에 가겠다고 울고불고 떼를 썼다.

4월생까지는 8살 전이라도 어떻게 입학이 되겠는데 나는 7월생이라서 안 된다는 걸 엄마가 여러 차례 동사무소에 나를 데리고 가서 사정사정을 해서 결국 나는 7살에 국민학교에 입학하게 되었다.

그 덕분에 학교 다니는 내내 나는 맨 앞자리를 벗어나지 못했다.

어느덧 4학년, 5학년이 된 언니랑 나는 시국을 읽고
나라를 위해!

가문을 위해!

엄마를 위해!

더 정직하게 말하자면 포상금을 노리고!

간첩을 잡으러 나서기로 했다.

워낙 조심스럽고 위험한 일이라 가족에게도 친구에게도 어느 누구에게도 말을 할 수 없어서 곤란한 경우가 여간 많았다.

당연히 혼나는 일도 많아졌다.

제일 먼저 가족이, 콕 집어 말하자면 막내가 방해가 되었다.

방과 후에 막내를 돌보는 것은 언니의 몫, 놀아 주는 것은 나의 몫인데….

대업이 시작되면서 우리는 그 일을 할 수 없었다. 뿐만 아니라 큰 목표가 생기자 혼이 나는 일에도 담력이 생겼다.

막내는 외로워졌고, 엄마는 피곤해지셨고, 우리는 나랏일로 바빠졌다.

수업이 끝나면 곧바로 일에 나섰다.

처음에는 무작위로 수상쩍어 보이는 아저씨들의 뒤를 밟았다.

대부분은 평범하게 집으로 들어가거나 '왕대포'라고 빨간 글씨가 크게 쓰인 교실 문 같은 곳으로 들어가 버렸다.

"애! 안 되겠다. 무슨 딴 수를 써야겠어. 좋은 방법 없을까?"

"그러면 일단 버스 종점으로 가면 어때, 언니야?"

"왜애?"

"거기서 버스에서 내리는 사람들을 보다가 수상한 사람을 골라서 미행하는 거야."

"이야, 역시! 넌 천재야, 천재! 야! 그 생각을 왜 못 했지?"

우리는 날이면 날마다 버스 종점을 본거지로 삼아 간첩 후보자를 골라서 미행했다.

후보자는 주로 바바리코트를 입은 남자다. 거기에 중절모를 쓴 남자, 특히 코트 깃을 세운 중년 남자!

걸으면서 뒤를 힐끗거리면 반은 간첩인 거다.

주변을 살피면서 걸으면 거의 적중한 것이고!

그런 것쯤은 그 당시 『소년중앙』을 읽는 우리 또래라면 다 알고 있는 상식이었다. 스파이의 조건!

언니와 나는 시멘트 벽으로 된 양옥집 현관들 안쪽 우묵하고 어두운 기둥에 등을 바짝 붙이고 옆으로 걸으며 간첩 후보자를 미행했다. 그러다가 어느 집으로든 접선하러 들어간다 싶으면 그 집을 예의 주시했다.

지루하고 오히려 우리가 수상쩍어 보이는 매우 어려운 일이었다.

대부분은 별다른 낌새가 없었는데 어느 날 우리가 생각한 간첩 조건에 딱 맞아떨어지는 아저씨가 나타났다.

베이지색 코트를 입고, 중절모자를 쓰고 게다가 코트 깃까지 세웠으렷다!

뒤를 힐끗 보면서 가다가 옆도 살피는 기색이라니… 100%닷!

커다란 삼 층 양옥집 현관 앞에 들어서서는 잠깐 우리를 의식한 듯 다시 고개를 휙 돌리더니 문이 열리자 급히 들어가는 거다. 우리에게 뒤를 밟혔다는 것을 의

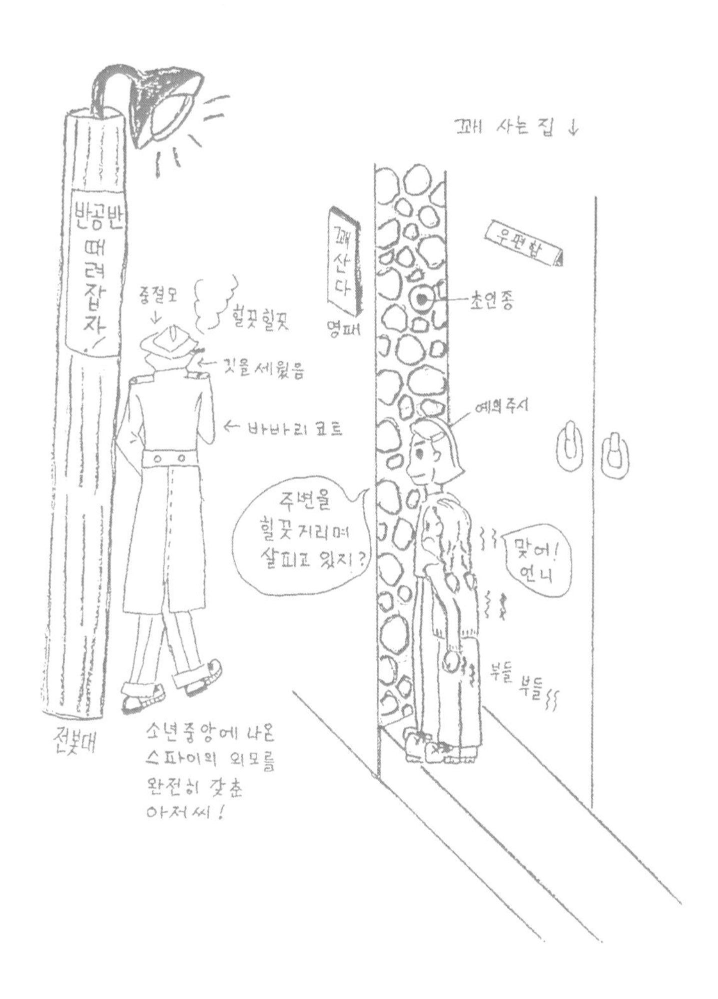

반공반
때려잡자
중절모
힐끗힐끗
깃을 세웠음
바바리 코트
전봇대
소년중앙에 나온
스파이의 외모를
완전히 갖춘
아저씨!
꽤 사는 집
꽤 산다
명패
우편함
초인종
예의 주시
주변을
힐끗거리며
살피고 있지?
맞어!
언니
부들 부들

논하는지 좀처럼 다시 나오지 않았다.

잠이 오는데….

언니와 나는 한참이나 더 그 집을 지켜보다가 결국 철수했다.

"홍진아."

"응?"

"나는 꼭 저런 삼층집을 살 거야!"

언니는 단호한 투로 말했다.

"그래! 언니. 젤 큰 걸루 사! 나는 단칸방에서 살 거야!"

"으이구! 너 그 말 빨리 취소해! 퉤! 퉤! 퉤!"

언니는 화를 버럭 내면서 내 머리를 꽁 때리기까지 하며 눈을 흘겼다.

정말 그날 그런 소리를 해서였을까?

훗날 언니는 캐나다에서 크게 사업을 하며 수녀들의 기숙사였던 삼층집을 사서 엄마와 유학 간 우리 세 식구와 함께 살았는데, 목욕탕만도 4개나 있는 지붕이 빨간 대저택이었다.

반면 나는 전도사의 아내가 되어서 캐나다로 유학 가

기 전까지 사역지를 따라 이사하며 반지하와 옥탑 단칸방에 원도 없이 살았다.

그렇게 잠복근무를 하다가 용의자들이 별 움직임이 없으면 "오늘은 그만 집에 갈까?" 하고 해 질 녘에야 고단한 다리를 끌고 꼬질꼬질한 몰골로 집에 돌아왔으니!

집에 오면 엄마에게 여지없이 된통 혼이 났다. 늦은 저녁을 허둥지둥 먹고 나면 쏟아지는 잠을 주체할 수 없어 숙제고 뭐고 정신없이 이불을 뒤집어 쓰고 누워 버렸다.

"마지막 삼층집은 틀림없이 고정 간첩집 같애. 그치?" "응, 맞어!" 하고 이불 속에서 작전을 짜는데, 두꺼운 목화솜 이불 위로 언니의 머리를 쥐어박으며 "큰 것이 더 나뻐. 큰 것이!" 계속되는 엄마의 잔소리와 그때까지 안 자고 버티다가 "왜 늦게 왔어, 왜! 왜 늦게 왔어! 맴매 맴매." 이불을 두드리는 막내의 투정 소리가 자장가처럼 가물가물거렸다.

비가 오는 날이면

비가 오는 날이면 언니와 나는 비옷으로 무장하고 학교에 갔다.

언니는 분홍색, 나는 하늘색 바둑판 줄무늬의 비옷이었다.

장마철이면 비옷은 제 몫을 톡톡히 했다.

모자를 쓰고 줄을 당겨 목에 묶으면 얼굴과 손, 그리고 발만 비에 젖고 바람이 불어도 우산처럼 뒤집어질 일도 없는 아주 천하무적 비옷이었다.

학교에 도착하면 현관에서 빗물을 탈탈 털어서 싸 들고 교실로 들어갔다.

수업이 끝나면 우리는 현관에서 만나 다시 비옷으로 무장을 하고 빗속을 뚫고 집을 향해 행군했다.

빗물과 굵은 흙이 빨갛고 절편*처럼 찰진 고무신 안으로 튀어 들어와 걷기 불편할 때쯤이면 구멍가게 담벼락에 등을 기대고 양철 처마에서 지붕의 골을 따라 떨어지는 빗물에 발을 헹구고 고무신도 흔들어 씻으며 잠깐 쉬었다.

집에 돌아오면 언니는 걸레통에서 쉰내가 살짝 나는 걸레로 마루에 비옷을 쫙 펴 놓고 안팎으로 박박 닦았다.

장마로 모든 것이 눅눅할 때도 항상 그렇게 엄마가 시킨 대로 했다.

발을 맑은 물로 씻었다.

마루 끝에 퉁퉁 부은 발가락 열 개를 맞대고 앉으면 나는 세상 평안했다.
후두둑 후두둑 떨어지는 아름다운 비를 바라봤다.

---

* 떡의 종류 중 하나.

후두둑
후두둑

함께 폭풍을 헤치고 물 폭탄을 맞으며,

고지에 도착한 전우의 머리에 기대앉아 아직도 포탄이 쏟아지는 전쟁터를 바라다보는 군인 같은 기분이 들었다.

나는 언니 어깨에 기대서 낙숫물이 땅바닥을 조금씩 파내는 것을 바라보며 피난처 안에 있는 평안함을 맘껏 누렸다.
조금씩 잠이 오는…
평안함….
하나님이 주신 선물!

꽃다발을 한 아름

"내가 시간 맞춰 갈 것이다."

"그러면 엄마, 빨간색으로 가지고 와, 응?"

"알았다."

우리 집 다락에는 졸업장 통이 두 개 있었는데, 하나는 어두운 자주색, 하나는 빨간색 벨벳에 자수가 살짝 놓인 둥근 통이었다.

통들은 양쪽으로 잡아당기면 열리게 되어 있고 그 둥근 구멍 속에 졸업장을 둘둘 말아서 넣는 거였다.

국민학교 졸업식 날 엄마는 빨간색 통을 옆구리에 끼고 졸업식이 막 끝난 후에야 교문에 나타나셨다.

그리고도 나를 먼저 찾지 않고 교문 입구에 있는 꽃장수 아저씨의 꽃다발을 들여다보고 계셨다.

여기저기서 사진을 찍는 소리가 났다.

친구 동희도 가족들과 사진을 찍고 있었다.

꽃장수 아저씨가 엄마에게 꽃다발을 권하는 듯했다.

"어? 꽃 안 사도 되는데…."

나는 입속으로 중얼거리며 엄마에게 천천히 다가갔다.

엄마는 내 소리를 듣기라도 하신 듯 꽃다발을 눈으로만 보시곤 운동장으로 몇 걸음 들어오셨다.

그때 꽃다발을 잔뜩 든 여자아이가 급히 엄마를 가로질러 달려가다가 꽃다발 중에 하나를 운동장에 떨어뜨리고 갔다.

엄마는 얼른 주워서 "얘, 얘! 이거 떨어졌다!" 하시는데 아이는 못 듣고 그냥 달려가 버렸다.

엄마는 잠깐 꽃과 아이가 달려가 버린 쪽을 번갈아 보시더니 작은 꽃다발에 묻은 흙을 조심스럽게 털고서 그제서야 나를 찾는 눈치셨다.

나는 짐짓 엄마를 못 본 체하고 엉뚱한 데를 쳐다보

고 있다가 엄마가 가까이 와서 “내가 너무 늦었다!” 하실 때에야 버럭 화를 내며 “왜 이제 와? 졸업식 다 끝나버렸어!” 했다.

엄마가 빨간 졸업장 통과 꽃다발을 내게 막 건네주시려는데 꽃다발이나 흘리고 다니는 아이가 갑자기 달려왔다.

“아줌마 이거! 헉헉! 저기, 저기요! 헉헉! 교문 입구에서 주운 거 아니에요? 내가 거기서 떨어뜨린 거 같애요.”

엄마는 민망한 얼굴로 “그래, 아가. 내가 불러도 못 듣고 가드라.” 하시면서 내가 막 받을 뻔한 꽃다발을, 그 아이에게 다시 건네주셨다.

“너는 나가는 길에….”

“….”

엄마랑 나는 말없이 새빨간 졸업장 통에 졸업장을 말아 넣는 일에 한참 공을 들였다.

나는 교정을 한 번 더 자세히 훑어보았다.

교문 가까이 다가가며 그때까지 버티고 있던 꽃장수 아저씨 앞을 지날 때 나는 엄마의 팔을 꽉 잡았다.

그것은 꽃이 필요 없다는 신호였다.

"빛나는 졸업장을 타신 언니께 꽃다발을 한 아름 선사한" 엄마의 팔짱을 꼭 끼고 교문을 나섰다.

손도장

오월
초저녁
해가 막 떨어지기 전
비도 안 오고 마른 무지개가 있는 날

학교 끝나고
곧바로 집으로 올 때면
나는 일부러 집에서 한 정거장을 지나쳐 종점에서 내렸다.

신작로 길로 곧장 집에 가지 않고 종점 건너편 약국 옆으로 해서 골목을 따라 집에 가는 길을 좋아했다.

애초에는 우리 집 위의 남자 고등학교 하교 시간을

학교 담장
← 원래 내려야 할 정거장
도로
집으로 가는 마지막 모퉁이
비싼 문방구
안무는데 괜찮아요 지나가요~
1
2
3 우리집
길길이
매우 마르고 키 큰 남학생이 그레이하운드 라는 비싼 개를 키우는 집
개를 잘 못 그려서 그레이하운드라는 고속버스로 대신 했다
길길이 길길이
된장냄새 골골한 집
엄마야~
캬아아~
후덜덜
집에 가는 골목길

피하려 한 것인데….

골목길을 지나갈 때면 딱 저녁밥 짓는 냄새가 났다.

집집마다 다른 된장국 냄새가 났다.

이 집은 장이 골골하구나.

흠! 이 집은 짜게 달아졌어.

이 집은 생선찌개, 고등어!

여긴 김치찌개.

여기는 된장이 넘쳐서 탄다, 타!

힝! 여기는 제법 맛있겠는데?

그래도 우리 집 된장만은 못하고!

골목을 돌아서 방향을 틀 때마다 점점 불그레지는 해님도 나와 함께 맛 평가단이 되었다.

마지막 골목에서 그레이하운드라는 개들 두 마리만 안 마주치면 완벽했다.

확률은 언제나 반반!

집에 가까이 갈수록 엄마의 장내가 난다.

가는 곳마다 도둑을 맞을 정도로 맛있는 우리 엄마의 된장!

호박을 썰어 넣고 감자도 좀 넣고 양파를 많이 넣는 찌개!

멸치를 넣고 끓이는 우거지 된장국은 지구 최고다!

파란색 기와에 초록색 대문이 달린 갈현동 집은 네 집의 장독대가 열십자 모양으로 붙어 있었다.

된장 냄새가 여간 맛나겠다고들 해서 맛을 보게 나누어 주면 오히려 담을 넘어와 장을 퍼 가곤 했다.

엄마는 오른손 새끼손가락이 굽어 있었다.

언젠가 내가 왜 그러냐고 물었더니 "낫질하다가 다쳐서 그렇단다." 하셨다.

어느 날 엄마는 뚝배기에 장을 조금 떠내시고 장독대에서 급히 내려오셔서 마루문을 닫고는 치맛자락을 휙 터셨다.

"에이, 참. 속상해서!"

된장을 담은 뚝배기를 부엌에 두시고는 급히 작은 바

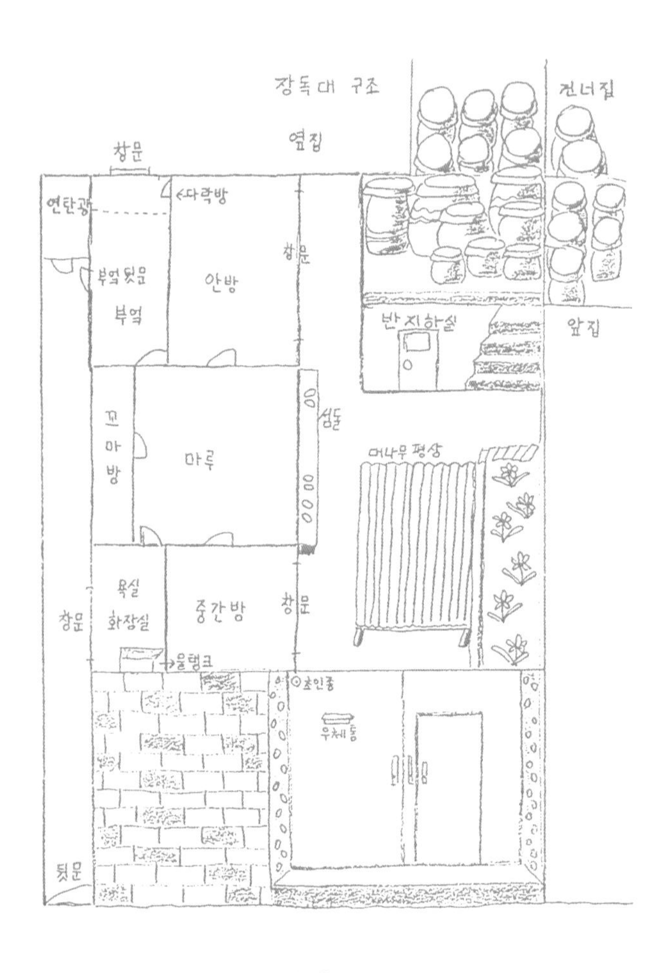
장독대 구조
옆집
건너집
창문
연탄광
다락방
안방
창문
부엌뒷문
부엌
반지하실
앞집
꼬마방
마루
섬돌
대나무평상
욕실
화장실
창문
중간방
창문
물탱크
초인종
우체통
뒷문
도로

가지에 물을 담아 들고 행주를 빨아 들고 나가셨다.

나는 얼떨결에 엄마를 따라나섰다.
엄마는 장독대로 다시 오르셔서 된장 엉덩이를 곱게 다독거리신 후에 새끼손가락이 굽은 오른손으로 된장 위에 손도장을 꾸욱 찍으셨다.
누가 내 된장 더는 훔쳐 가지 말라고!
누가 내 세월 더는 빼앗아 가지 말라고!
내 새끼들 줄 정성이라고!

그러고는 하얀 행주를 빨아 장항아리를 싹싹 소리가 나도록 말갛게 닦으셨다.
어깨를 움츠리고 항아리 몸뚱이를 닦는 엄마의 머리카락 밑이 어느새 하얗게 변해 있었다.
다 큰 나는 장독대 계단 중간에 엉거주춤 서서 어쩔 줄을 몰랐다.
엄마 손에서 행주를 빼앗아 "엄마, 내가 닦을게!" 할 줄도 몰랐다.
아! 이 바보!

그러면서도!

속없이 나는
오월
이른 초저녁
양 갈래 머리에 주름치마 교복을 입고
붉은 해님을 친구 삼아 골목길을 지나서
집에 돌아올 때는
세상이 온통 예뻤다.

예쁘게 살고 싶은 하늘이었다.
마음에 따스함이 보글보글거렸다.

나는 보골보골 토독토독
뜨겁고도 신나게
끓어올랐다

엄마의 된장 뚝배기처럼!

저 벌판 끝까지

"일엽아, 알았지? 저스틴 형이 공을 때리면 넌 무조건 빨리 달리면 되는 거야."

주일학교 주 선생이 아들에게 다시 한번 당부를 했다.

아들은 머리를 끄덕이며 침을 한 번 꼴깍 삼켰다.

두 주먹을 꼬옥 쥐고 출발선에 입을 옹다물고 서서는 나를 한 번 돌아다보았다.

홍분과 두려움으로 두 볼이 붉게 상기되어 있었다.

나는 엄지손가락을 치켜세우고 아들과 눈을 맞추며 밝게 웃어 보였다.

딱! 하고 방망이에 공이 부딪히는 소리가 나더니 "일엽아, 달려!" 아이들이 소리쳤다.

아들은 냅다 앞을 향해 내달렸다.

캐나다 주립 공원 드넓은 벌판을 향해서 아들은 있는 힘껏 일직선으로 달리고 또 달렸다.

만 2살 때 아빠의 유학길을 따라 캐나다에 간 아들이 5살 되던 해, 교회 야유회에 가서 처음 하는 야구 게임이었다.

아들은 빨리 달리면 이긴다는 말에 한 번도 해 본 적이 없는 야구 게임의 선수가 되어 달리고 또 달렸다.

저 벌판 끝까지….

'선생님이 빨리 달리면 이긴댔어!'

머릿속에는 온통 그 생각뿐이었겠지?

"어머! 일엽이 어디까지 가?"

"사모님! 일엽이 야구 안 해 봤어요?"

"네, 안 해 봤어요."

"한 번도요?"

"오늘 처음이에요."

나는 아들이 야구 게임에 대해 설명을 들은 줄 알았고, 야구 게임을 많이 하는 북미 이민자들은 내 아들이 당연히 야구 게임을 알고 있으려니 한 것이다.

"일엽아, 돌아와."

"돌아와."

"팀*, 컴 온!"

아들은 이미 우리들의 목소리가 들리지 않는 거리까지 무아지경으로 달려가고 있었다.

"야야, 주 선생아. 아 잡아 오라우."

이 권사님께서 급히 소리를 치셨다.

아들은 침엽수가 우거진 검은 숲 가까이로 점점 다가가고 있었다.

"어! 어! 쟤 좀 봐! 저기로 가면 안 되는데! 곰 나올지도 모르는데!"

주일 학생들이 수군거렸다.

실제로 캐나다 국립공원 숲에서는 곰이 종종 나온다.

---

* 아들의 영어 이름, Timothy의 줄임말.

여자아이들은 입을 가리고 "팀 어떻게 해!" 하며 발을 동동 굴렀다.

주 선생의 긴 다리로도 한참이나 쫓아 달려가서 아들을 옆구리에 끼고 돌아왔다.

두 사람은 비를 맞은 듯 땀으로 흠뻑 젖어 있었다.

야구 게임에 지게 되었다고 투덜대던 같은 편 사내아이들도 말이 없어졌고 권사님들과 집사님들이 한두 분씩 박수를 치셨다.

아들의 일직선 달리기 열정에 관해서인지, 검은 숲에서의 구출에 관해서인지….

주 선생이 아들을 땅에 내려놓자 땀으로 흠뻑 젖어 헐떡이면서도 아들은 어른들께 공손하게 박수에 답례 인사를 드리는 거였다.

호방하신 이 권사님이 말씀하셨다.

"그래, 일엽이가 이겼소. 자알했네."

여기저기서 수고했다고 힘들었겠다고 박수를 보냈다.

땀으로 범벅이 된 아들이 찬물을 한 컵 들이켜고 최선을 다했으므로 승리를 확신하는 빛나는 눈빛으로 헐떡거리며 내게로 와 쉰내가 펄펄 나는 몸을 내 품에 풀썩 내던졌다.

아들의 심장이 벌새*의 날개처럼 팔딱거렸다.

나는 마른 수건을 야구 선수의 넓은 등짝에 들이밀어 심장까지 꽈악 껴안았다.

장하다, 내 아들. 나의 챔피언아!

---

* 꽃의 꿀을 빨아 먹는 아주 작은 새.

오줌싸개 보석

"마미."

눈이 잔뜩 쌓였던 그날은 유치원 방과 후에 데리러 간 나에게 아들이 덥석 안기며 유난히도 반겼다.

"그래! 공부 잘하고 선생님 말씀도 잘 들었어?"

"네에."

"친구들하고도 잘 놀았고?"

"그럼요!"

"엄마! 그리고 엄마한테 드릴 서프라이즈도 있어요!"

아들은 흥분해서 유치원 선생님들께 서둘러 인사를 하고 옷을 입으러 복도로 나를 살짝 끌고 나갔다.

겨울이 길고 눈이 많이 오는 캐나다는 저학년 학생

들이 실내복 위에 스키복을 덧입고 스키 장화를 신고 학교에 간다.

학교에 도착하면 복도에서 스키복을 벗어 벽에 자기 이름이 써 있는 옷걸이에 옷은 걸고 장화는 그 아래 벗어 놓고 실내화를 신고 교실에 들어간다.

점심시간이나 야외 활동이 있으면 몇 번이고 스키복을 입고 장화를 신고 벗고를 반복하는 것이다.

처음에는 매우 번거롭게 여겨졌던 것이 후에는 자연스러워졌다.

그만큼 실내외 온도 차이가 심했다.

복도로 나온 아들은 자기 장화를 가리키며 내게 귓속말을 했다.

"엄마 주려고 보석을 감춰 놨어요!"

"여기, 이것 보세요!" 하며 장화 속을 들여다보더니 당황하여 손을 집어넣고 휘휘 저었다.

"어? 이상하다?" 하며 다시 들여다보고는 "와아앙" 하고 복도에 주저앉아 울음을 터트렸다.

아이들은 거의 다 집에 가고 교실 정리를 하던 선생

님이 깜짝 놀라 뛰어나왔다.

아들은 울음 반 설명 반 아직은 서툰 영어로 말을 했다.

"내가 운동장에서 젤로 예쁜 보석을 가져다가, 잉잉, 엄마 주려고 장화 속에 숨겨 놓았어요. 힉, 잉잉, 그런데 그놈이, 잉잉, 그놈이 오줌을 싸고 도망을 갔다고요. 와아앙."

유치원에는 각 반마다 선생님이 두 분씩 계셨다.

한 분은 보조 선생님이었다.

학부모들은 보조 선생님을 작은 선생님이라 말했다.

작은 선생님은 큰 선생님을 부르더니 또 옆방 선생을 자꾸 불러 모아 우리 아들 장화 속에 오줌을 싸고 도망간 보석 이야기를 하셨다.

그리고는 모여든 선생님들은 울고 있는 내 아들을 향해 자꾸 "쏘우 뷰티풀 스토리(너무나 아름다운 이야기구나)!"를 연발했다.

유치원이나 초등학교의 운동장의 눈을 한 곳에 모아 놓고 그 위에 염화칼슘을 뿌리는데 아이들이 좋아하는 분홍색, 파란색, 보라색의 아이들에게 안전한 염화칼슘을 뿌린다.

눈이 얼음결정체가 되어 햇빛 아래서 보석처럼 반짝반짝 빛이 나는 것을 보석이라 생각한 어린 아들은 그것을 엄마에게 잔뜩 주고 싶었나 보다.

아, 소중하게 장화 속에 감추어 둔, 엄마에게 드릴 보석이 도망을 갈 줄이야!

그것도 장화 속에 오줌까지 싸고서!

그날 나는 인생 최고의 아름다운 보석들을 잔뜩 받았다.

이명래고약*

서대문 리라국민학교 옆에 '이명래고약'이라는 전문 약방이 있었다.

지금도 있을까?

노오란 기름종이를 펴고 그 위에 엿같이 찐득거리는 까만 덩어리를 조물거려서 펴 놓은 다음에 노르스름한 작은 덩어리를 정중앙에 살짝 눌러 주면 파스 같은 약이 된다.

그것을 피부의 곪은 부위에 잘 붙이는데 노랗게 곪은 정중앙 부분에 노르스름한 작은 약 덩어리가 딱 맞

---

* 고름을 짜내는 약.

아야 한다.

그래야 효과가 백 프로다.

그렇게 이삼일이 지나면 고름이 뿌리까지 다 뽑혀 나와서 소위 근*이 다 빠져 나오는 것이다.

만일 얼굴에 종기가 생겼다면 검은색 고약에 누런 기름종이를 붙이고 다녀야 해서 흉한 꼴이 되지만 일단 고름의 뿌리가 다 빠져 버리면 그 자리에서 다시 종기가 생기는 일이 없는 깨끗한 치료법이었다.

아니면 피부과에 가서 피부를 살짝 찢고 고름을 짜내야 한다.

우리 어릴 적에는 피부과에 가는 일보다는 고약을 붙이는 일이 보통이었다.

남편의 오른쪽 볼에 뾰루지가 크게 생겨서 피부과 시술로 살짝 째고 고름의 뿌리까지 꺼내는 것을 보았었다.

---

* 고름의 근원.

빨대같이 굵은 기름 덩어리가 그 작은 공간에서 밀려 나오는 것을 보고 무척 놀랐었다.

그런데 남편의 등에 작은 뾰루지가 새로 생겨서 가끔 침으로 따고 손으로 눌러서 짜는데 좀처럼 뿌리는 나오질 않는다.

아무래도 피부과에서 치료를 받아야겠다.

아니면 이명래고약을 구해서 붙이던가!

말썽이 자꾸 일어나는 문제는 수술을 하든지, 고약을 붙이든지, 뿌리를 없애야 한다.

물론 편한 일은 아니다.

하고 싶은 일은 더욱 아니다.

그렇지만 하지 않으면 언제까지나 성가시게 남아 있으니까 빨리 할수록 편하다.

뭐라고 뭐라고

서로에게 매일 화를 내고 사는 세상

누구든 먼저 이명래고약을!

안티푸라민

엄마의 방에서는 항상 박하향이 은은했다.
"안티푸라민 가져온나!"
누가 어디 다쳤다 하면 무조건 소독약에 안티푸라민!

안티푸라민은 우리 집 상비약이자 외상에 대한 엄마의 만병통치약이었다.

멍이 든 데는 당연하고, 찢어진 상처, 가려운 곳, 벌레에 물린 곳, 긁힌 상처, 온갖 수상쩍은 상처에는 무조건 안티푸라민이다!

나중에는 양철로 된 얇고 작은 감질나는 사이즈는 치우고 아예 우묵하고 큰 초록색 대형 사이즈 플라스

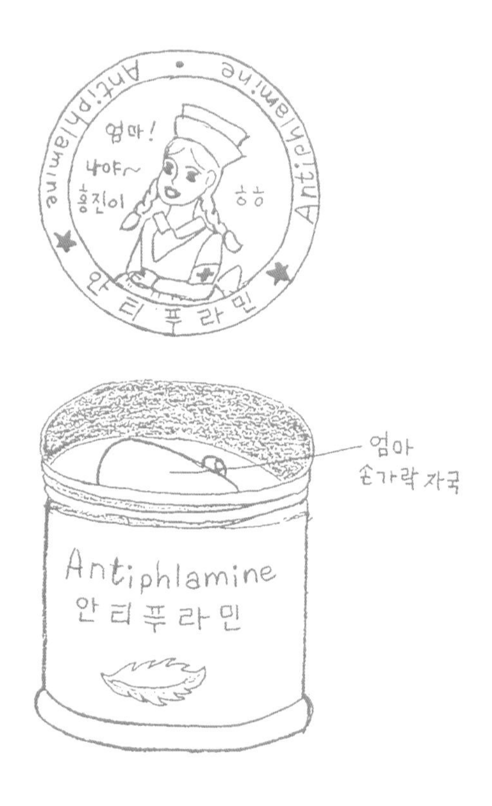
엄마!
나야~
홍진이
ㅎㅎ
Antiphlamine
안티푸라민
엄마
손가락 자국
Antiphlamine
안티푸라민

틱 통을 들여놓고 쓰셨다.

나는 또 나름대로 안티푸라민을 유용하게 사용했었다.

시험공부를 하다가 졸릴 때면 눈가에 안티푸라민을 살짝 바르는 수법을 터득해서 널리 보급해 친구들을 유익케 했다.

눈이 따가운 순간만 잠시 참으면 정신이 번쩍 드는 묘한 효과가 있었다(개인적 의견일 뿐 검증된 것은 아니니 절대 따라하지 마세요).

엄마는 하늘나라 가시는 때까지 안티푸라민을 끼고 사셨다.

사용하시다 남은 약통을 내가 가지고 와서 약상자에 넣어 두었다.

가끔씩 열어 본다.

엄마의 만병통치 상비약을!

아직도 박하향이 화아하게 풍기는 이 옅은 초록빛에 엄마는 무릎 통증도 어깨 통증도 발목, 손가락 쑤심도

다 없어지기를 소망하며 손가락 끝으로 조금씩 찍어 바르고 연신 문지르고 문지르고 하셨다.

"주여", "주여."

그러시면서!

잔병치레로 몸 여러 곳을 수술했던 나는 아들이 장성하고 독립한 후에 참말 큰 병을 앓았다.

안티푸라민을 바를 수 없는 뇌 속에 종양과 뇌전증이라는 낯선 병이 생겼다.

엄마처럼 안티푸라민을 머리카락에 바를 수가 없어서 목사 남편이 매일 밤 머리 위에 손을 얹고 기도를 해 준다.

송구 영신예배 때 나도 줄 서서 받고 싶었던 기도를 줄 안 서고 매일 밤 받는다.

그러면서 엄마처럼 "주여", "주여." 한다.

우리 엄마 방에서는 "주여", "주여." 하는 향이 늘 은은했었다.

볼펜똥

1985년 6월 12일

캠퍼스 커플인 남편과 나는 결혼을 했다.

그리고 두 달 후에 남편은 그렇게도 원하던 유학을 떠났다.

영국의 마틴 로이드 존스 칼리지로!

"도착하면 곧 부르마."라는 약속을 천 번이나 하고서 비행기 탑승구 안쪽으로 손을 번쩍 들어 보이며 카키색 스웨터를 입고서 전 재산을 다 들고 씩씩하게 걸어 들어갔다.

남편을 배웅하러 함께 공항에 나왔던 언니는 "너 지금 곧바로 집에 들어가면 휑하니 허탈할 거야! 우리랑 돌아다니면서 놀다가 가라." 했고, "그래그래, 언니야. 그러자! 백화점에 가서 구경도 하고 맛있는 것도 먹고 그러자." 막내도 이때다 하며 나를 붙잡았다.

그때만 해도 유학 정보는 미국에 관한 것이 대부분이어서 우리는 곧 합류하게 될 것이라 믿었는데 영국의 상황은 미국과 전혀 달랐다.

유학생이 배우자를 쉽게 초청할 수도, 같이 접시를 닦으며 공부를 할 수도 없었다.

우여곡절 끝에 남편은 영국에서 돌아와 아들을 낳고 아들이 만으로 2살이 되었을 때 우리는 캐나다로 다시 유학을 갔다.

캐나다에서 8년에 걸쳐서 M.DIV.(목회학석사)와 TH.M.(신학석사)을 끝내고 M.A.(문학석사) 공부까지 도전한 남편은 10년 만에 한국에 나와서 교단신학대학원에서 M.DIV. 과정을 또 하고 PH.D.(박사)로 학문의 마침표를 찍었다.

공부를 하면서도 사역(25살부터 사역)을 멈춘 적이 없었으니 하루 24시간은 항상 부족했다.

학구열과 책 욕심이 남다른 남편은 지금도 늘 책을 끼고 산다.

남편이 앉았던 자리에는 책상은 물론 식탁에도 침실 협탁에도, 거실, 탁자 위, 할 것 없이 책을 올려놓을 수 있는 곳이라면 어디든지 볼펜똥이 묻어 있는 하얀 휴지나 종이쪽지가 있다.

어쩌다 경건서적이나 신학서적을 들여다보려 하면 책마다 책장 군데군데 빨간 볼펜똥이 묻은 휴지가 끼워져 있다.

구불구불한 빨간 줄은 중요한 부분이니까 급할 때는 그것만 훑어보면 된다는 말씀!

타이프 기계를 들고 떠난 유학길이었는데 남편이 흘려 쓰는 레포트 손글씨 속도를 내 타이핑 속도로 따라잡을 수가 없어서 결국은 깨끗한 나의 손글씨로 써서 영어 숙제를 제출했다.

내 손글씨는 대번 온 학교에 소문이 나서 나는 '아름다운 손글씨'라는 분에 넘치는 별명을 얻게 되었다.

어쩌다 학교 행사가 있어서 남편의 학교에 가게 되면

교수들과 학생들에게 글씨가 아름답다는 인사를 받곤 하였다.

남편과 나는 보통 새벽 3시까지는 잠을 자지 못하고 남편은 흘려 쓰는 글씨로 빠르게 숙제를 하고 나는 그것을 곱게 손으로 썼다.

"자네는 숙제를 하게나. 나는 고운 글씨를 쓸 터이니!"

남편은 그 후로 286, 386, 486 컴퓨터를 사용하며 공부를 했었다.

TBS(Toronto Baptist Seminary, 토론토 침례교 신학대학원) 역사상 히브리어와 헬라어의 두 번째 장학생이라는 놀라운 실력으로 졸업을 했다.

한국에 돌아와 가족들이 명절에 모였을 때 시아주버님께서 대리 논문을 써 주는 일도 있단다 하셔서 충격을 받았던 기억이 난다.

얼마 전 뉴스에서도 6개월에 인터넷으로 목사 과정을 이수하는 집단도 있다고 하던데!

하!

빨간 볼펜똥아
어찌 된 일인지 말 좀 해 봐라!

임금님 귀는 당나귀 귀

수녀들의 기숙사였던 넓은 3층집에서 엄마를 모시고 우리 식구와 함께 살던 언니는 토론토 시내에 사업장이 가까운 이층집으로 이사했다.

넓은 반지하 거실에 아빠와 책상을 나란히 두고 앉은 아들도 책을 무척 좋아했다.

현관문이 새빨간 우리 집에서 주차장 하나를 가로질러 가면 바로 시립도서관이 있었다.

캐나다는 가는 곳마다 공원과 도서관이 참 많다.

엄마는 거실 큰 유리창 너머로 주차장을 건너 도서관으로 달려가는 손주들(내 아들과 언니의 딸)을 눈으로 감독하셨다.

아들이 유치원 때는 학교에서 책을 빌려다 보거나 나와 사촌 여동생과 함께 도서관을 다녔는데 1학년부터는 방과 후에 숙제를 끝내고 나면 부리나케 책을 빌리러 도서관을 갔다.

방학이 되면 하루에 두어 차례씩 도서관을 들락거리며 책을 가지고 왔다. 책은 한 번에 빌려주는 양이 정해져 있었기 때문이다.

도서관에는 나이가 지긋한 여자 사서가 계셨는데 이 책벌레 소년을 무척 반기셨다.

얇은 책이라 해도 방학 때면 족히 백 권씩은 읽어 대더니 토론토시에서 주는 '독서왕' 상을 받곤 했다.

상장과 더불어 아들의 취향에 꼭 맞는 피자 쿠폰이 상품이었다.

"일엽아! 아빠랑 축구하러 공원에 갈까?"

어쩌다 여유 있는 시간에 아빠가 물어보면 아들은 "아빠, 그러면 축구에 대한 책을 먼저 보고요!" 했었다.

아들이 4학년 때쯤 남편은 한국으로 사역을 하러 나왔고 나는 아들과 캐나다에 남아 우리 가족은 그 유명

한 기러기 일 세대가 되었다.

아들은 학생의 80% 이상이 유대인인 초등학교에 다녔는데 성실하고 적극적인 성격이어서 누구하고든 잘 어울렸고 선생님들의 사랑을 많이 받았다.

학년이 바뀌어도 선생님들께 "성실하고 사회성이 있고 명랑하며 지도력이 있다"는 공통적인 평가를 받곤 했었다.

영어가 모국어가 아닌데도 초등학교 졸업 때는 영어 성적 우수상을 받았다.

중·고등학교도 역시 유대인이 80% 이상인 학교였다.

학교 주변엔 가게가 전혀 없었고 피자 데이라 해서 일주일에 한 번 정도 미리 주문하면 점심에 피자가 배달이 될 정도로 주변이 무척 정리된 분위기였다.

보통 고등학교 2학년 때 학생회장을 하는데 아들은 고등학교 1학년 때 전교 학생회장에 출마하여 학교 살림을 했다.

2학년 때는 178여 개 되는 토론토 국립고등학교 회장들이 출마해서 뽑는 토론토 총학생회장에 당선되어 활동을 하였다.

집행하는 예산의 규모도 크고 행사도 꽤 많았다.

한인 신문에도 두어 군데 실려서 나는 신문을 잔뜩 사다가 친지들에게 기념으로 보냈었다.

총학생회장으로 활동하면서도 큰이모부와 이모가 출석하는 합동 측 교회에서 주일학교 교사로 꾸준히 봉사하고 주말에는 집 가까이에 있는 양로원과 테니스장 휴지통을 치우는 사회봉사를 계속했다.

고등학교 3년 동안 70시간을 필수적으로 요구하는 사회봉사를 1,000시간을 넘게 하는 아들에게 담당 선생님이 "이제는 그만해라! 왜 계속하느냐?" 물으셨을 때, 아들은 "이 일을 하는 것이 저는 기뻐요!" 했다고 그랬다.

캐나다 대학은 고등학교 내신 성적으로 입학한다.

미국 대학을 진학하기 위해서는 내신 성적을 잘 관리해야 할 뿐 아니라 SAT*이라는 시험을 별도로 봐야 했다.

---

* 미국 대학입학시험.

아들은 그렇게 무척이나 바쁜 학창 시절을 보냈다.

고등학교 교장 선생님은 아들을 무척 아끼셔서 남편이 휴가를 내서 캐나다에 올 때 우리 부부가 학교를 방문하면 반색을 하며 기뻐하셨다.

그리고는 아들의 이름을 부르지 않으시고 항상 "훌륭한 젊은이"라고 부르셨다.

아들이 미국의 다트머스 대학(Dartmouth College)으로 진학하려고 하는 것을 매우 섭섭해하셔서 송구스러울 지경이었다.

"내가 토론토 대학 전액 장학생으로 추천할 텐데, 꼭 미국 대학으로 가야겠니?"라며 실망스러움을 감추지 못하셨다.

아들은 캐나다 막내 이모 집에서 학교를 다니고 있었다.

나는 캐나다에서 아들과 함께 입학원서들을 접수한 후 남편이 있는 서울로 나와 결과를 기다렸다.

"언니! 다트머스 대학에서 합격통지서가 왔어!

그런데 4년 전액 학비 지원이래!"

캐나다에서 막냇동생이 울면서 서울에 있는 나에게

전화를 했다.

남편은 휴가를 내서 나와 함께 캐나다로 갔다.

우리 세 식구는 봉고차를 빌려서 미니 냉장고와 냄비 등 살림살이를 챙기고 즉석 밥과 김, 즉석 카레, 짜장 등의 한국 음식들도 잔뜩 사서 차에 싣고 몬트리올로 올라갔다.

그리고 미국 국경을 넘었다.

매사추세츠주를 지나 뉴햄프셔주의 하노버, 다트머스 캠퍼스에 도착했다.

307호!

아들의 기숙사 방 번호다!

다트머스의 상징색은 모든 것이 진한 초록색이었다.

남편과 나는 학교 가까운 곳에 숙소를 잡아 하루를 묵으며 입학식에 참석하고 학교도 둘러봤다.

우리 부부는 다트머스 로고가 박힌 티셔츠를 한 벌씩 사 입고 아들의 기숙사 앞에서, 또 방에서 사진을 찍었다.

몇 번이고 몇 번이고 아들을 안아 주고 그리고 "잘할

게요! 엄마, 아빠, 기도 많이 해 주세요!" 하는 아들에게 "사랑해! 아들 넌 잘할 거야! 늘 기도할게!" 약속하고 우리는, 나는! 씩씩하게 돌아왔다.

아들은 초등학교 때 꿈대로, 기도한 대로 아이비리그에 입성하여 4년을 전액 학교 지원금으로 공부를 잘 마쳤다.

그리고 한국으로 나와서 약 5년간 우리와 합체하여 감사와 행복한 시간을 누렸다.

우리 곁에서 아들은 일을 하고, 규칙적인 신앙생활을 하며 복된 시간을 가졌다.

찬양대원으로 봉사하고 청년부에 참여하고 연합청년부도 참여했다.

세 식구가 같이 식탁에 둘러앉아 함께 밥을 먹는 것이 가장 기뻤다. 된장찌개, 김치찌개, 계란말이, 두부부침, 육개장, 해물파전, 파겉절이…. 아들이 좋아하는 것들!

맛집도 찾아다니고 사이판으로 휴가도 갔었다.

그리고 예수 잘 믿는, 세상 착한, 예쁜 색시를 만나

참 아름다운 결혼을 했다.

이 색시가 알고 보니 살림 솜씨까지 뛰어나고 영민하다.

그리고는 콜롬비아 법대(Columbia Law School)에 진학했다.

초등학교 때부터 소원하며 기도한 대로 정말 우리 강아지가 더블 아이비*의 꿈을 이루었다!

아빠처럼 죽도록 공부해서 더블 아이비 변호사가 되었다.

지금은 사랑스러운 아내와 보스턴에 살고 있다.

4월이 되면 예쁜 아기의 아빠가 된다.

아들 이야기를 하고 나니 속이 다 후련하다!

임금님 귀는 당나귀 귀!

---

* 대학과 대학원 둘 다 아이비리그 학교를 졸업하는 것.